※こたえは、104ページの
となりの　ページに　あるよ。

ヒャッハー！

ふなっしーとフルーツ王国《おうこく》

ふなっしー　ぜったいぜつめい！

小栗かずまた／作・絵
ふなっしー／監修

ふなっしーは、しゅうかくした
なしを　つかって、いろいろな
スイーツを　つくりました。

できたなっしー。しんせんな　なしを　つかってるから、どれも　おいしいなっしよ。
なし　ジュース
なし　パンケーキ
いっしょに　たべようと、おとうとの　ふなごろーを　よびにいくと……。
ふなごろー、おいしい　スイーツ　いっしょに　たべようなっしー♥
ん？

なんと、ふなごろーが
まっさおな　かおを　して、
たおれているでは　ありませんか。

「だ、だいじょうぶなっしか？　ふなごろー！」

ひたいを　さわると、火《ひ》の　でるような　あつさです。

ふなっしーは、あわてて　おいしゃさんを　よびにいきました。

ふなっしーの　おうちに
かけつけてきた
おいしゃさんは、
ふなごろーの
からだを
しんさつして、
いいました。
「これは、
『いのちなしなしなし
びょう』じゃ……。」

い、『いのちなしなしびょう』？

あ、ああ。『いのちなしなしびょう』は、なしのようせいが　かかるおそろしい　びょうきで、この　びょうきにかかった　ものは、
7日ごにかならずしんでしまうのじゃ……！

な、なんだってなっしー～～～!!?
がーーーん
7日ごに
しんじゃう!?
マジで!?

ど、どうしよう
なっし！
た、たいへん
なっしー！
あた
ふた
あた
ふた
ち、ちょっと
きみ！
おいしゃさんの ことばに、
ふなっしーは ショックを
うけて、大《だい》パニックです。
そ、そうだ。
ここに ある
ジュースを のんで
おちつきなさい！
パニックの ふなっしーに
なしジュースを わたそう！
ふなっしーの からだが すこしも うごいていない、
ぴたりと とまっている しゅんかんを ねらってね。
どの ふなっしーに わたせば いいかな？
※すこしでも からだが うごいていたら、こぼれて
しまうから、だめだよ。

※こたえは、104ページのとなりのページに　あるよ。

ジュースで すこし おちついた ふなっしーは、おいしゃさんに たずねました。

ふう…

せ、せんせい。その『いのちなしなしびょう』を なおす ほうほうは、ないなっしか？

おしえてっしー!!

……。たった ひとつ だけ ある。

え？

「それは、『まぼろしの 7やくしゅ※』と よばれる ざいりょうを あわせて つくった くすりを のませる ことじゃ……！」
※やくしゅとは、くすりを つくる ざいりょうだよ。

まぼろしの7やくしゅ

すなマツタケ

ゆうぎきのみ

オニあまはちみつ

きせきの けっしょう

クサクサ花《ばな》

にじいろの うろこ

大《おお》トラの きば

……！
……。
ほっ…
ほっ
ふなっしーが、ほっと むねを なでおろして よろこんで いると、
あんしんした なっしー！
ぴょ〜〜ん
ふなごろーの びょうきを なおす ほうほうが、あった なっしー！
やった！！
ぴょ〜〜ん
だれかの 声《こえ》が しました。
いや、まったく あんしん できないぞ、ふなっしー。
え？
だれ？

みると、そこに　いたのは、まえに
ふなっしーが　たすけてあげて
なかよくなった　バナナ王国《おうこく》の
※バナナ王子《おうじ》と　バナナひめでした。

バナナ王子《おうじ》
バナナひめ

バナナ王子《おうじ》、バナナひめ！どうして　ここに？
…？

※バナナ王子《おうじ》と　バナナひめについて　よく　しりたい　ひとは、「ヒャッハー！ふなっしーと　フルーツ王国《おうこく》　おうごんのなしを　とりもどせ！」を　よんでね。

ことし、バナナ王国《おうこく》で　とってもおいしい　バナナがとれたから、
ふなっしーさんたちにもおすそわけしようとおもって、もってきたの……。

でもまさかふなごろーさんがこんなことになっているなんて……。

それより、いまはなしは　きかせてもらった。ふなごろーのびょうきをなおすためには、『まぼろしの7やくしゅ』がひつようといっていたな。

そうなっし。だから、ふなっしーが、ちゃっちゃとあつめちゃうなっしー。

すると、バナナ王子《おうじ》の　目《め》が、するどくひかりました。

ギラ
いや……。

『まぼろしの7やくしゅ』は、ひとりでそう　かんたんにあつめられる　ものじゃ　ない……！

え？

バナナ王子《おうじ》は、きびしい　かおで　つづけます。
「ぼくは、いぜん　バナナひめの　びょうきを
なおそうと、やくしゅを　さがしに
せかい中《じゅう》を　とびまわっていた。その
ときに、うわさで　きいた、もっとも　手《て》に
いれるのが　むずかしいと　いわれている　やくしゅが、その
『まぼろしの　7やくしゅ』なんだ……。」
それを　きいた　ふなっしーは、
「もっとも　むずかしいなっしか……。」

ガックリ
かたを
おとし
……
ガクッ

メラメラ
……とみえましたがちがいます。
え？
ふなっしーの目《め》には、
ゴオオオ
メラメラ
やる気《き》の　ほのおがメラメラともえているではありませんか！
メラメラ
！
ふなごろーは、ふなっしーのだいじなおとうとなっし。
そのおとうとのいのちをたすけるためなら、

ゴオオオ
ふなっしーは どんな やくしゅ だろうと、
ぜったいに 手《て》にいれてみせる なっし〜〜〜!!
やってやるっしー!
やるき なしじる
ぶしゃーっ
……!
ふ、ふなっしーさん……。
フッ……。

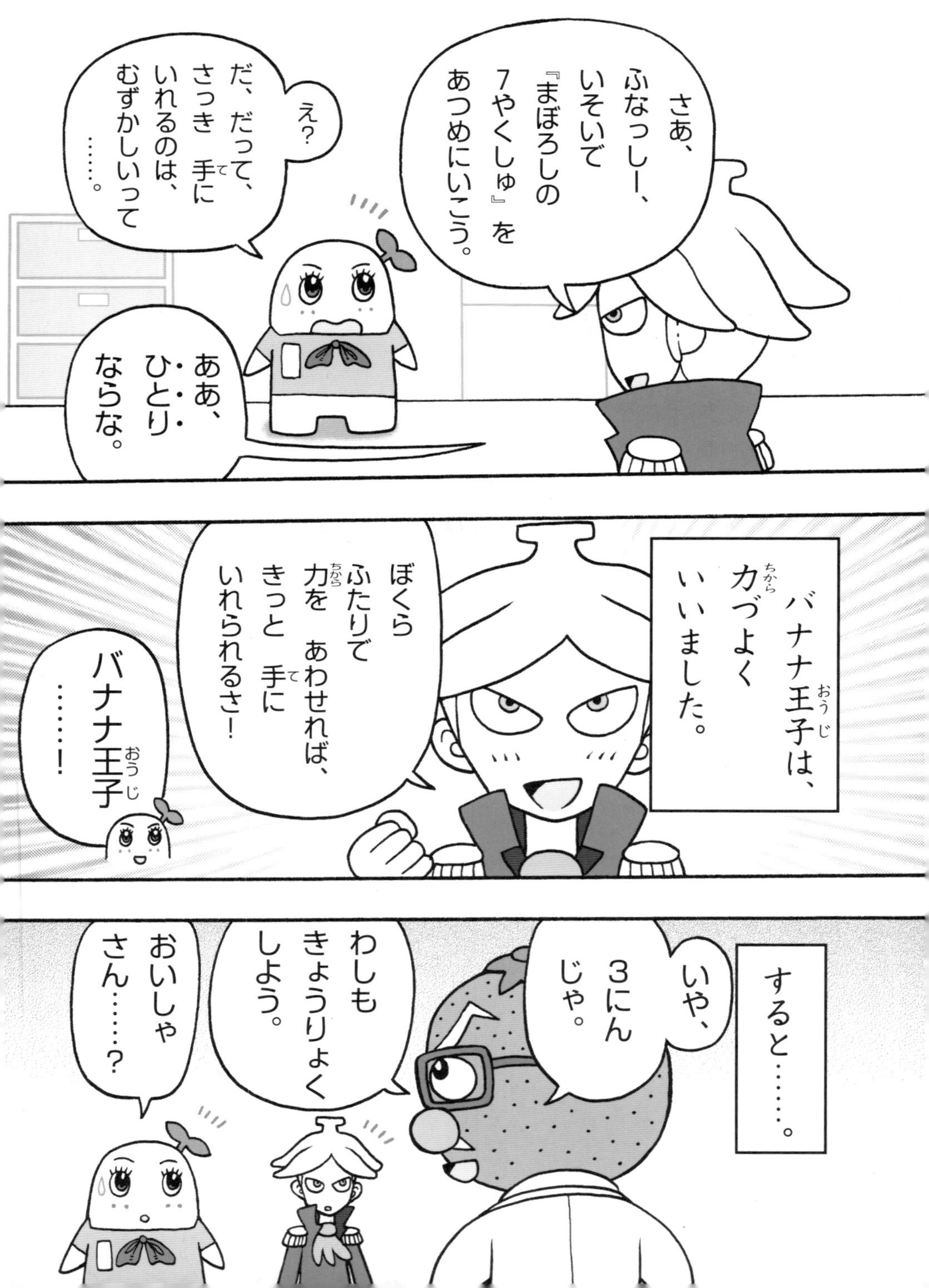
さあ、ふなっしー、いそいで『まぼろしの7やくしゅ』をあつめにいこう。
え？
だ、だって、さっき 手《て》にいれるのは、むずかしいって……。
ああ、・・・ひとりならな。
バナナ王子《おうじ》は、力《ちから》づよくいいました。
ぼくらふたりで力《ちから》を あわせれば、きっと 手《て》にいれられるさ！
バナナ王子《おうじ》……！
すると……。
いや、3にんじゃ。
わしもきょうりょくしよう。
おいしゃさん……？

そう　いって、おいしゃさんが
はくいを　ぬぎすてると、
あらわれたのは、
ぼうけんかの
たくましい　すがたです。
それを　みて、バナナひめは
いいました。

「バナナひめ、しっているのか？」
「は、はい。まえに、しんぶんの　きじで、よみました。
やくしゅの　けんきゅうのために、
さまざまな　きけんな　ばしょに
足《あし》を　ふみいれては、やくしゅを
あつめる　ぼうけんかの
ような　おいしゃさまが
いるって……。」

ミンディはかせ
やくしゅのけんきゅうで
モーベルしょう
じゅしょう！
ミンディ・ジョーンズ
はかせ
ミンディはかせ
なんきょくで
しんやくしゅを
はっけん

「そんな　すごい　おいしゃさんが
きょうりょくしてくれるなんて、心《こころ》づよいなっしー。」

そして――。
はあ はあ
はあ はあ
ふな ごろー。
ぜったいに たすけるから、まってて ほしい なっしー。
ふなっしーは、7日いないに、『まぼろしの 7やくしゅ』を
ん

かならず
手《て》にいれてみせる
なっし〜〜〜！

こうして　ふなっしーは、
バナナ王子《おうじ》と　ミンディはかせと　ともに、
ふなごろーの　びょうきを　なおす　やくしゅを
手《て》にいれる　たびに
しゅっぱつしたのです。

バナナひめは、
ここに　のこって
ふなごろーの
かんびょうを　するよ。
いってくるっしー！

『いのちなしなしびょう』の
タイムリミット。

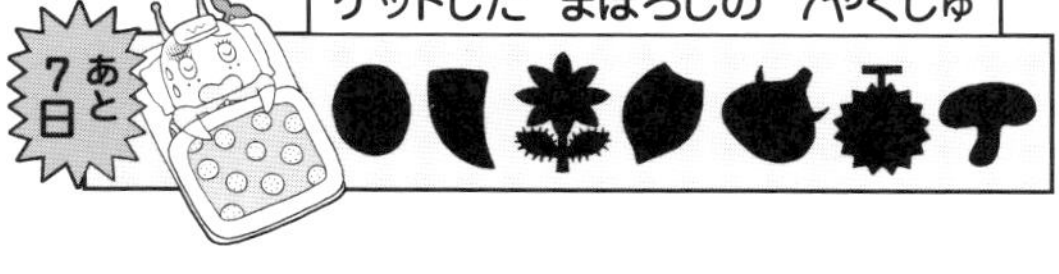
あと
7日
ゲットした　まぼろしの　7やくしゅ

←ふなっしーたちが　手《て》にいれた
『まぼろしの　7やくしゅ』が　わかる
メーター。（※手《て》にいれる　まえは、かげ。）

ミンディはかせの　あんないで、ふなっしー
たちが　さいしょに　やってきたのは、
フルーツ王国《おうこく》の　みなみに　ある　さばくです。
ふかい　すなに　足《あし》を　とられ、
なかなか　まえへ　すすめません。
「ここに『まぼろしの　7やくしゅ』が
あるなっしか……？」
ふなっしーが　きくと、ミンディ
はかせは　うなずき、

「あるはずじゃ。この 本《ほん》に かいてあるのを さっき みつけたんじゃ。」と いって、ぶあつい 本《ほん》を ふたりに みせました。

そして、バナナ王子《おうじ》が　その
じてんを　みると……。

しかし、まわりを
みても、それらしい
ものが　みつかりません。

そのとき……。
ズ…
ふなっしー
ん？
あ、あれ……？
気《き》のせい なっしか？
ズズ…
だんだん からだが
しずんで いっている
ズズズ…
ような 気《き》が する なっし。

ゲットした まぼろしの 7やくしゅ
あと7日

いいえ、それは、気《き》のせいでは　ありませんでした。
ふなっしーたちは、気《き》がつくと、きょ大《だい》な　すりばちの
ような　あなの　中《なか》に　いて、どんどん　からだが　すなに
しずんでいっているのです。

ーーん
ズズズズ…
！！
こ、これは、さばくに　すんでいる　おそろしい　大《おお》アリジゴクの　すじゃ！

みると、あなの　そこには、
するどい　あごの　きょ大《だい》な
アリジゴク※が　えものを
まちかまえているでは　ありませんか。
「す、すぐに　あなから　にげるなっしー！」

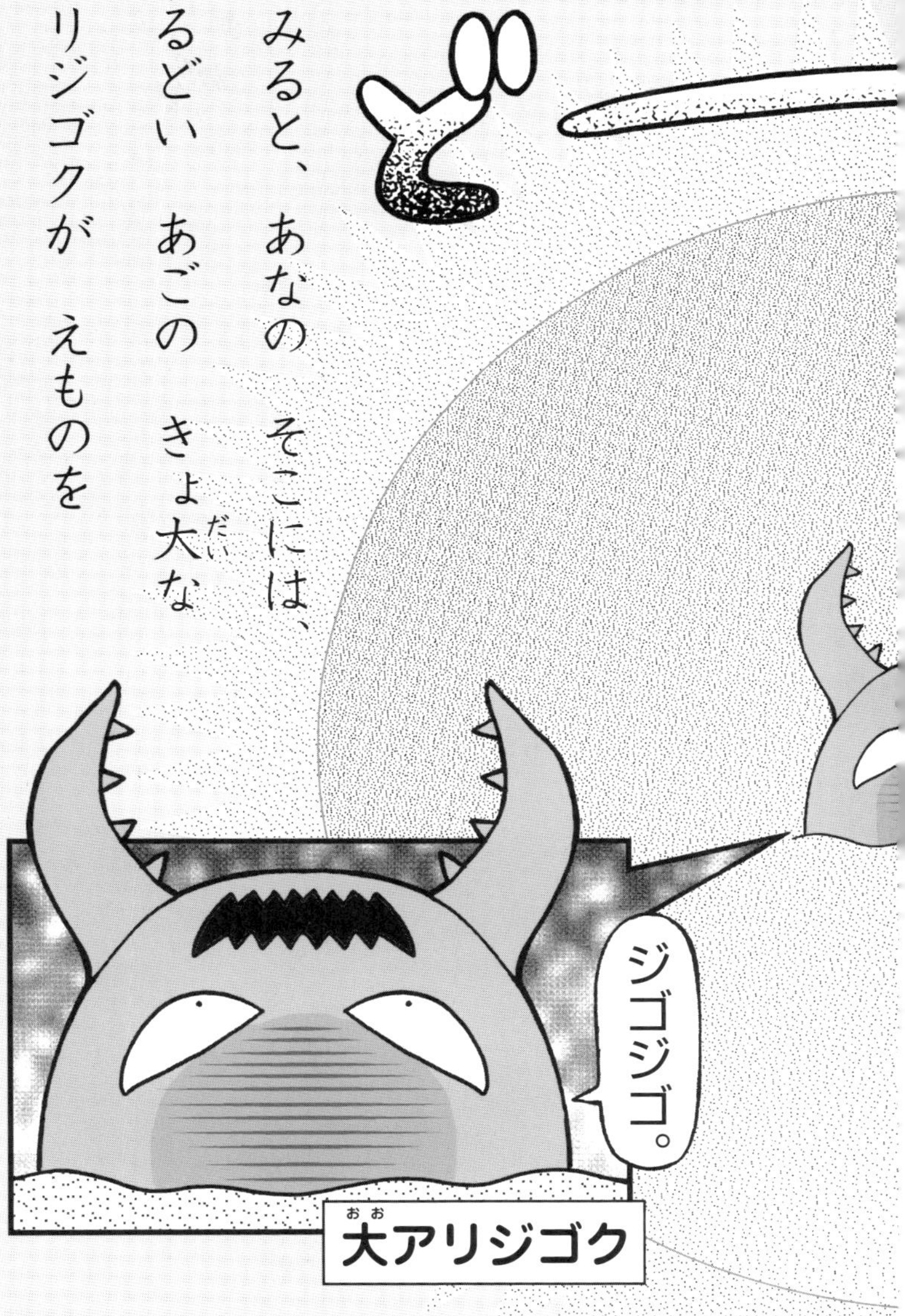

※アリジゴクは、すなに　あなを　つくり、あなに　おちてくる　アリを　たべるんだよ。

みんなが、どうにかあなからにげだしてくると、
ふう…

あぶなかったなっし。

とつぜん、ミンディはかせがさけびました。

ん?

あっ。あそこに『すなマッタケ』があるぞ!

どーーん
みると、すなのあなの　とちゅうに　きのこが　うもれています。

そ、そうか! 『すなマッタケ』がみつからなかったのは、大《おお》アリジゴクの　すにうもれていたからだったのか……!

あ、あれが ふなごろーを たすける 『まぼろしの 7やくしゅ』の ひとつ なっしな！

はやく とりにいく なっしー。

ま、まて。 また あなに はいれば こんどこそ 大《おお》アリジゴクに たべられて しまうぞ。

！

しかし、
ズズ…

きのこは、 どんどん あなに しずんで いきます。

ど、どうしたら いいなっしー。

もどかしい 気《き》もちで みつめていた ふなっしー でしたが……。

ん？

よく みると、 あなの 中《なか》に ゴミが いっぱい おちてるなっし。

そ、そう なっしー！

あの ゴミの 上《うえ》を わたっていけば、 すなに うもれない なっしー！

ポンッ
ゲットした まぼろしの 7やくしゅ
あと 7日

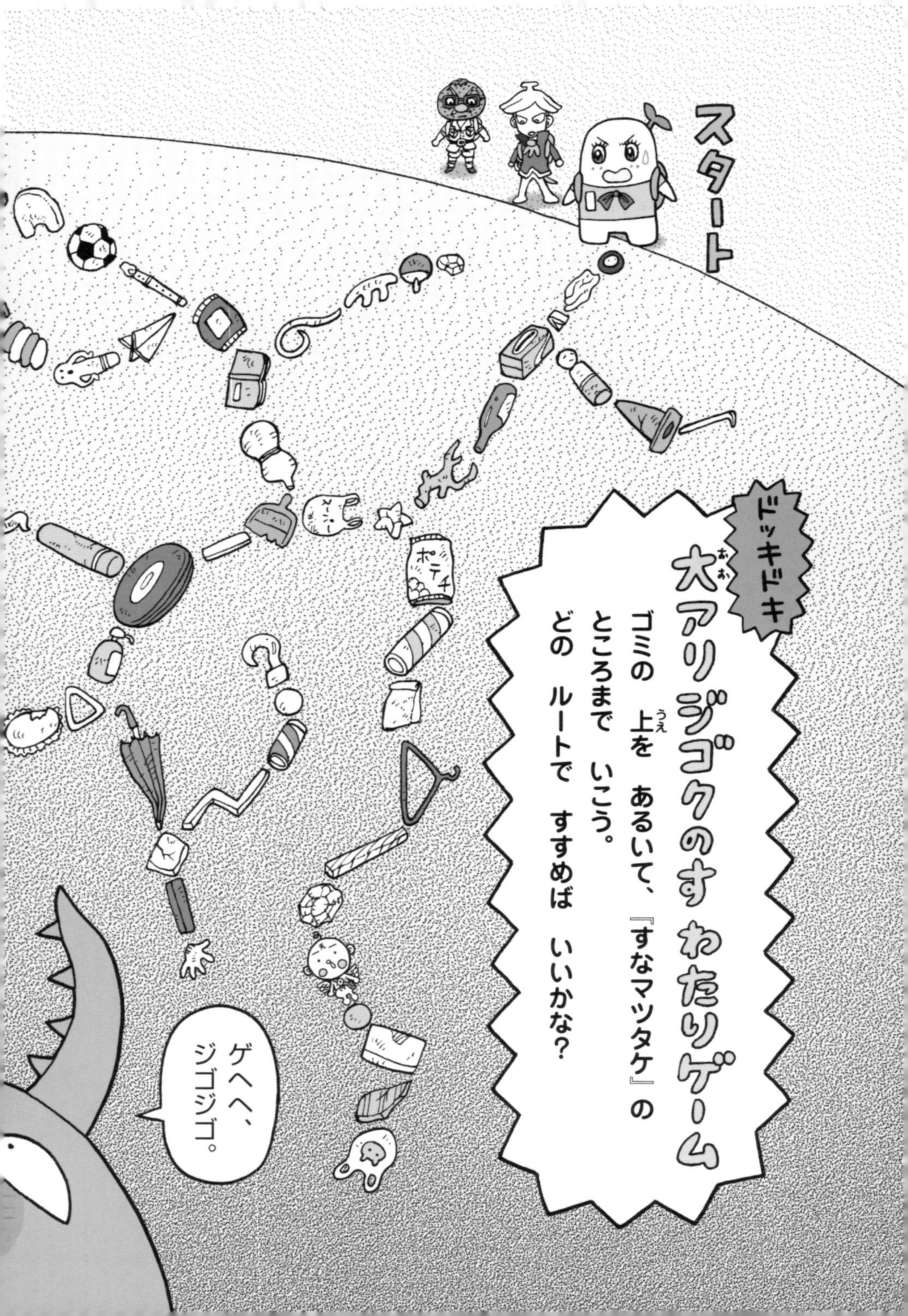
スタート
ドッキドキ
大《おお》アリジゴクのすわたりゲーム
ゴミの　上《うえ》を　あるいて、『すなマッタケ』の
ところまで　いこう。
どの　ルートで　すすめば　いいかな?
ポテチ
ゲヘヘ、
ジゴジゴ。

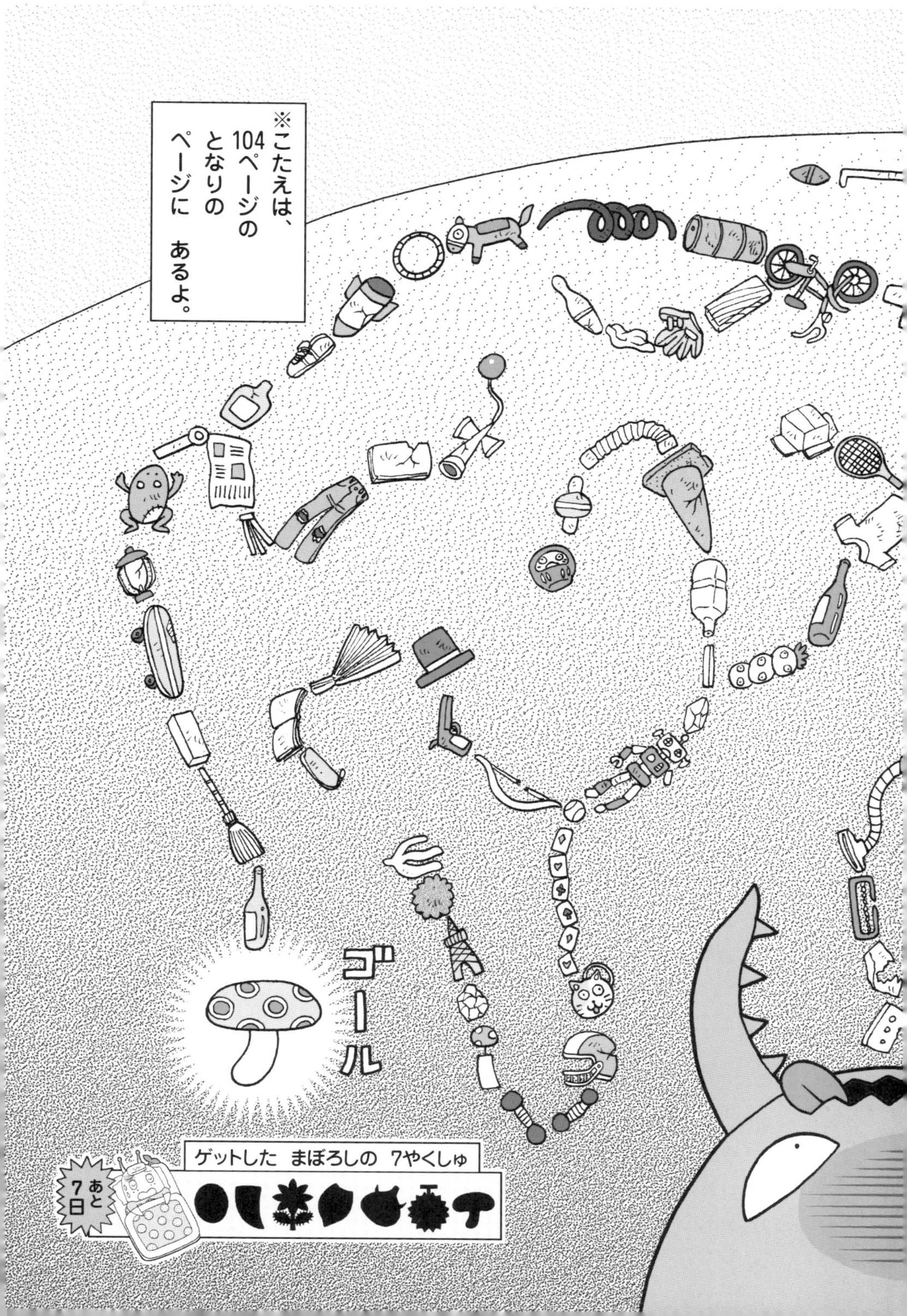
※こたえは、104ページのとなりのページに　あるよ。
ゴール
ゲットした　まぼろしの　7やくしゅ
あと7日

とったなっしー!!
ふなっしーは、ゴミの　上《うえ》を
わたりきり、『すなマツタケ』に
手《て》が　とどきました。
おおっ。
よくやった。
さーてかえるなっしー♪
ズ
ズ
ズ
しかし、とつぜんはいごから、
ん?
大《おお》アリジゴクが、
ふなっしー　めがけて
おそいかかって
きたのです。
うわ~~っ!

このまま にがさんジゴ〜〜〜!!
ゲットした　まぼろしの　7やくしゅ
あと7日

ひっさつ
バナナ
けんじゅつ！

あぶない ところで、バナナ
王子《おうじ》が こしの サーベルを
ぬき、目《め》にも とまらぬ
はやさで、大《おお》アリジゴクを
きぜつさせたのです。

どーん

「たすかった
なっしー。」
ふなっしーは
やっと
ひとあんしん。

つぎの　日《ひ》、ふなっしーたちは、フルーツ王国《おうこく》の
ほくとうの　森《もり》に　やってきました。
よく　みると、その　森《もり》の　木《き》は、
へんな　かたちを　しています。

「ここは、『ゲームの　森《もり》』じゃ。
ここに　ある　木《き》は
ぜんぶ　ゲームに
なって
いるんじゃ。」

「ゲーム!?」

それを きいて、ふなっしーは、目《め》を かがやかせました。

『ゲームの 森《もり》』には いろいろな ゲームの 木《き》が あるよ
レーシング ゲームの 木《き》
パンチング ゲームの 木《き》
1000t
わぁ〜。どの ゲームの 木《き》も、
おもしろそう なっしなー♡
わく わく
ドキ ドキ
もぐらたたき ゲームの 木《き》

ボーリング
ゲームの 木《き》
STRIKE!
つりぼり
ゲームの 木《き》
しかし、すぐに
ふなっしーは、
だいじな ことを
おもいだしました。
はっ
だ、だめ
なっしーー！
のんびり ゲーム
なんて やってる
ばあいじゃ ない
なっし。
ふなごろーのためにも、
いっこくも はやく
『まぼろしの 7やくしゅ』を
手《て》にいれるなっしー！
ふなっしーは、
気《き》を ひきしめ、
おくへと
すすむと……。
ん？
ゲットした まぼろしの 7やくしゅ
あと
6日

目《め》の　まえに、大《おお》きな
クレーンゲームの　木《き》が
そびえたっていました。

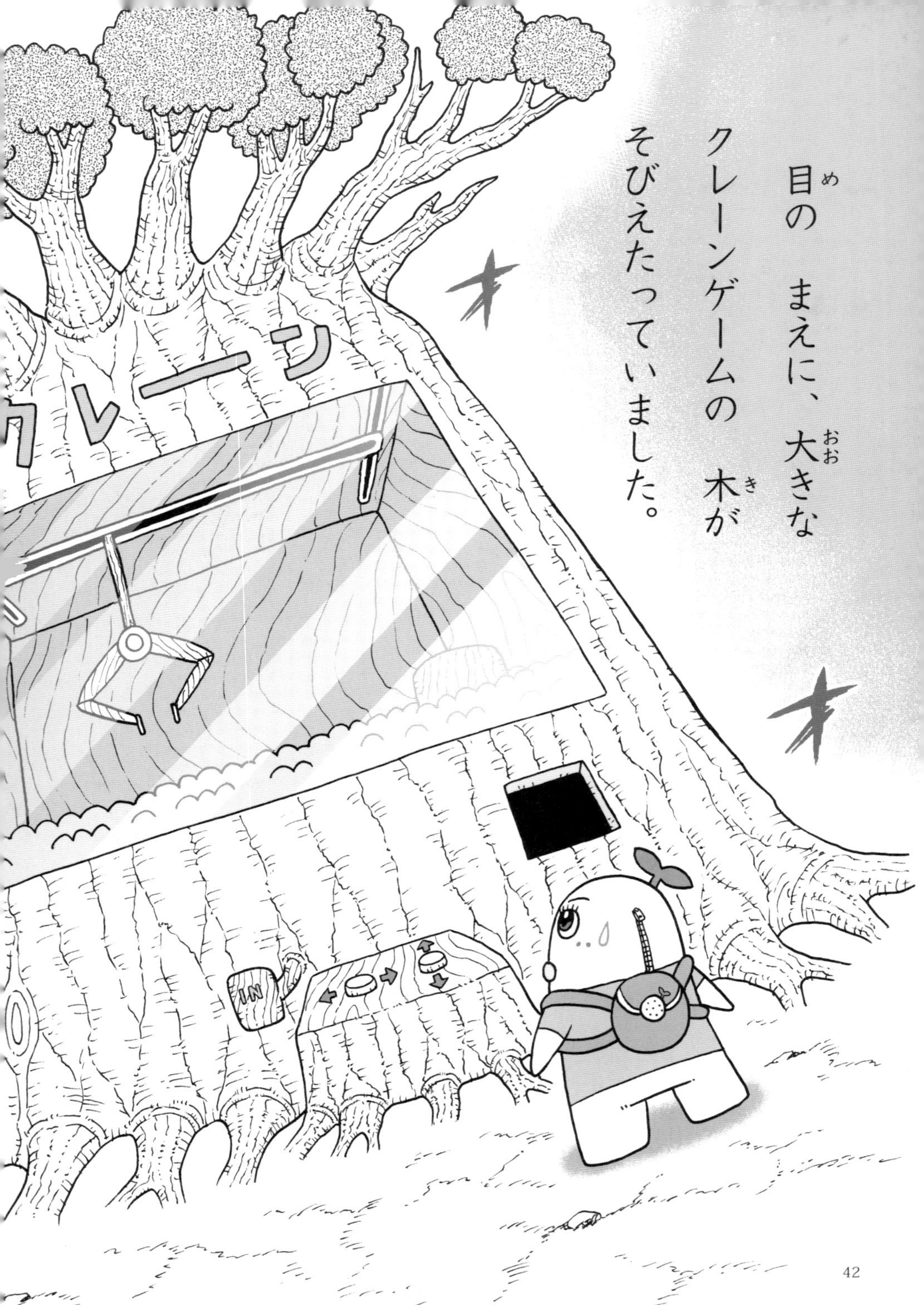

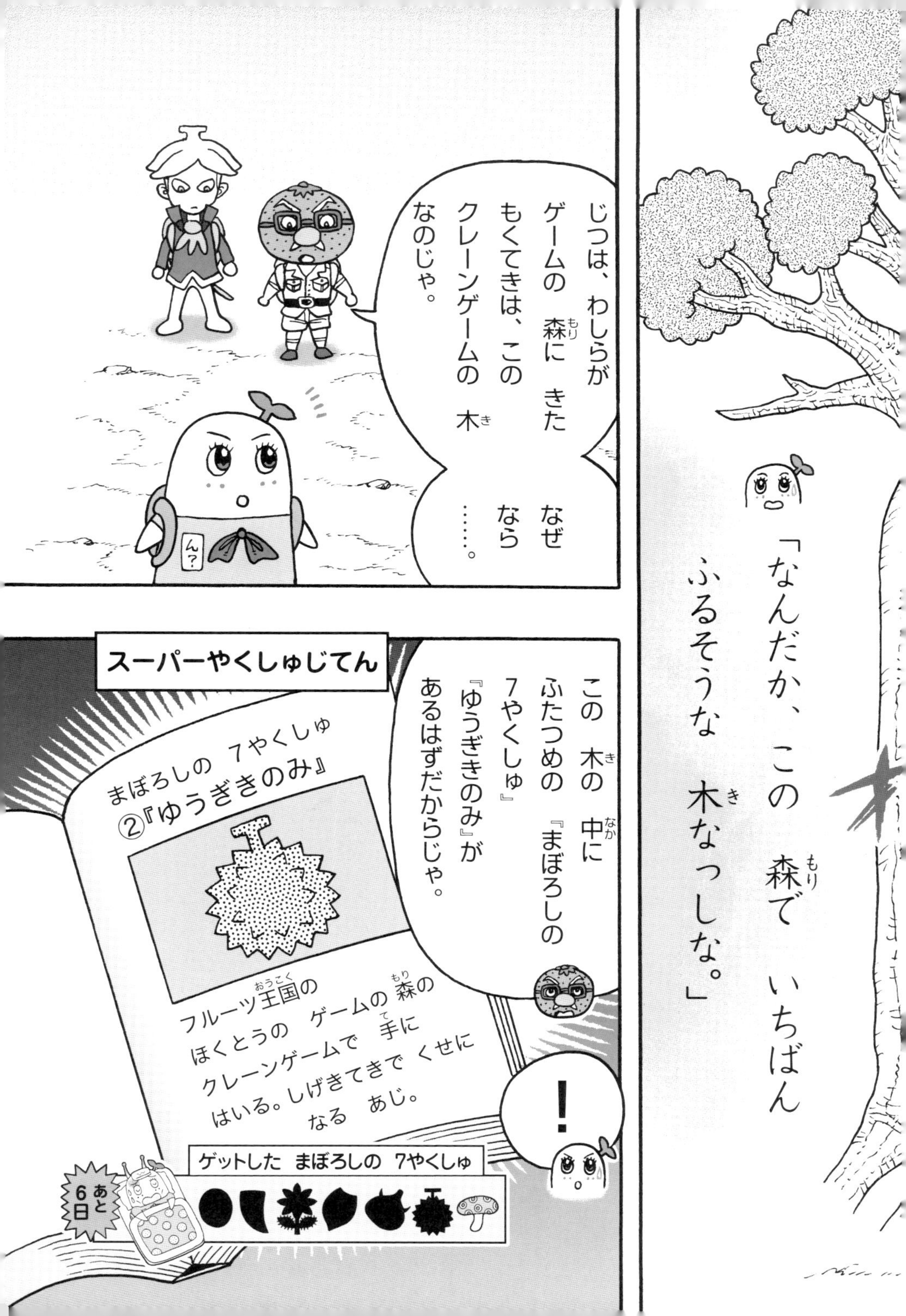
「なんだか、この 森《もり》で いちばん ふるそうな 木《き》なっしな。」

じつは、わしらが ゲームの 森《もり》に きた もくてきは、この クレーンゲームの 木《き》 なのじゃ。

なぜ なら ……。

ん?

この 木《き》の 中《なか》に ふたつめの 『まぼろしの 7やくしゅ』 『ゆうぎきのみ』が あるはずだからじゃ。

!

スーパーやくしゅじてん
まぼろしの 7やくしゅ
②『ゆうぎきのみ』
フルーツ王国《おうこく》の ほくとうの ゲームの 森《もり》の クレーンゲームで 手《て》に はいる。しげきてきで くせに なる あじ。
ゲットした まぼろしの 7やくしゅ
あと 6日

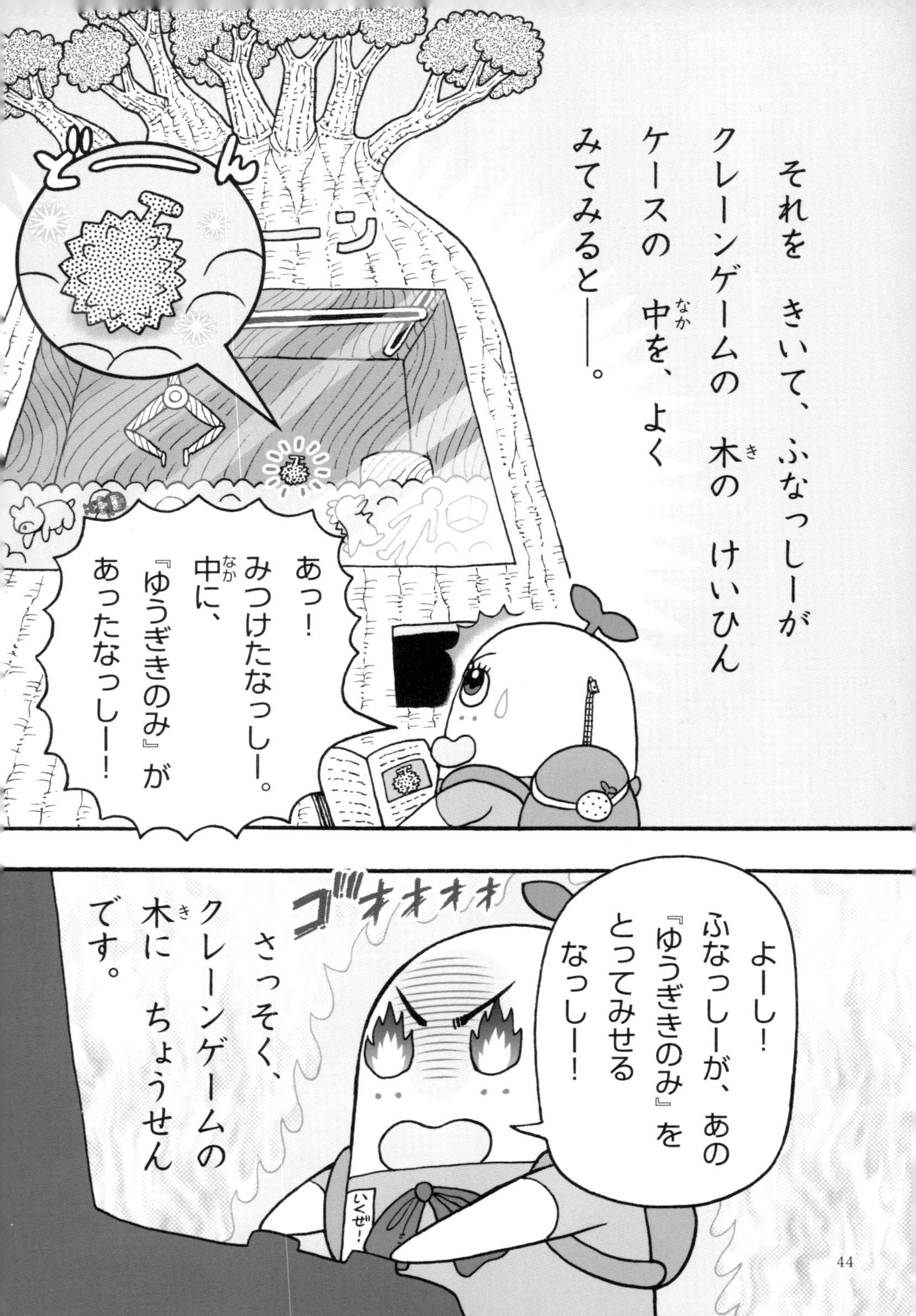
それを きいて、ふなっしーが クレーンゲームの 木《き》の けいひん ケースの 中《なか》を、よく みてみると——。
どーーん
ーン
あっ！ みつけたなっしー。 中《なか》に、『ゆうぎきのみ』が あったなっしー！！
よーし！ ふなっしーが、あの 『ゆうぎきのみ』を とってみせる なっしー！！
ゴオオオオ
さっそく、クレーンゲームの 木《き》に ちょうせん です。
いくぜー！

しかし……。
あ、あれ？
カチカチ
うごかないなっしな……。
そ、そうじゃ。この森《もり》の ゲームの木《き》で プレイするためには、フルーツジュースをいれるんじゃった。
いいわすれていたが
そ、そうだったなっしか。
そこで、ふなっしーが、なしじるをいれると、
ここにいれるなっしな。
ピコーン
ジョ〜〜
ジュースいれだよ。
IN
このくらいかな？
いよいよゲーム スタート！
よおおおし。
ふなごろーのために、がんばるなっしー!!
ゲットした まぼろしの 7やくしゅ
あと6日

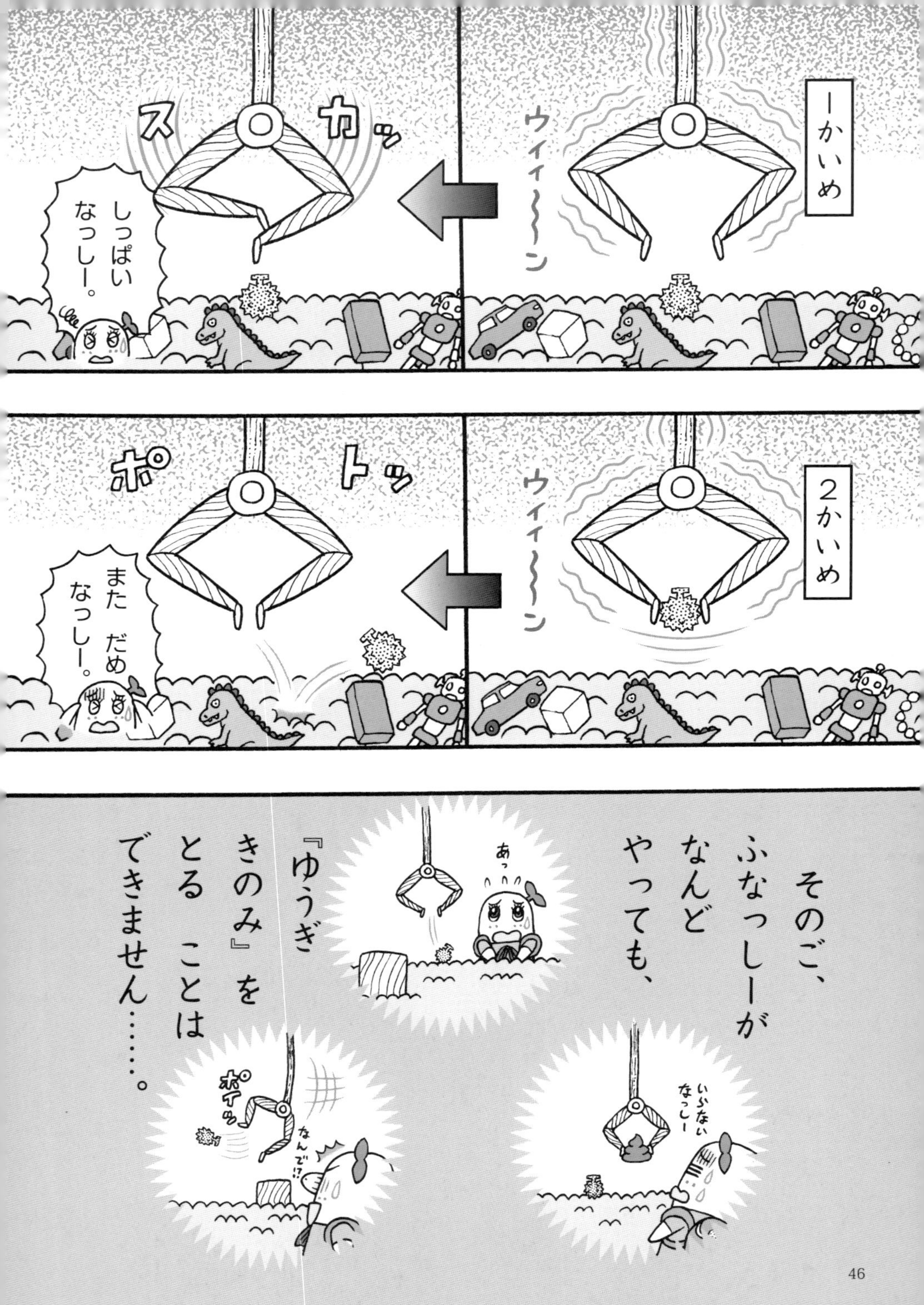
1かいめ
ウイイ〜〜ン
スカッ
しっぱい なっしー。
2かいめ
ウイイ〜〜ン
ポトッ
また だめ なっしー。
そのご、ふなっしーが なんど やっても、
あっ
『ゆうぎきのみ』を とる ことは できません……。
いふない なっしー
ポイッ
なんで!?

そして……

ジョ〜〜。。。

げそ〜

ミイラっしー
ちゃんと『ゆうぎきのみ』をクレーンでつかんでいるのにおちちゃうなっし〜。

ふ、ふなっしー！

１かいごとに、なしじるをだしては ゲームにいれるので、ふなっしーは、もう シワシワです。

そう。もんだいは ふなっしーの うでじゃ なくて、クレーンだ！

きっと、この 木《き》は ※ろうぼくだから、つかむ 力《ちから》が よわくなって いるんだ……。

ヨボ ヨボ
クレーン
※としを とった 木《き》の ことだよ。
ゲットした まぼろしの 7やくしゅ
あと6日

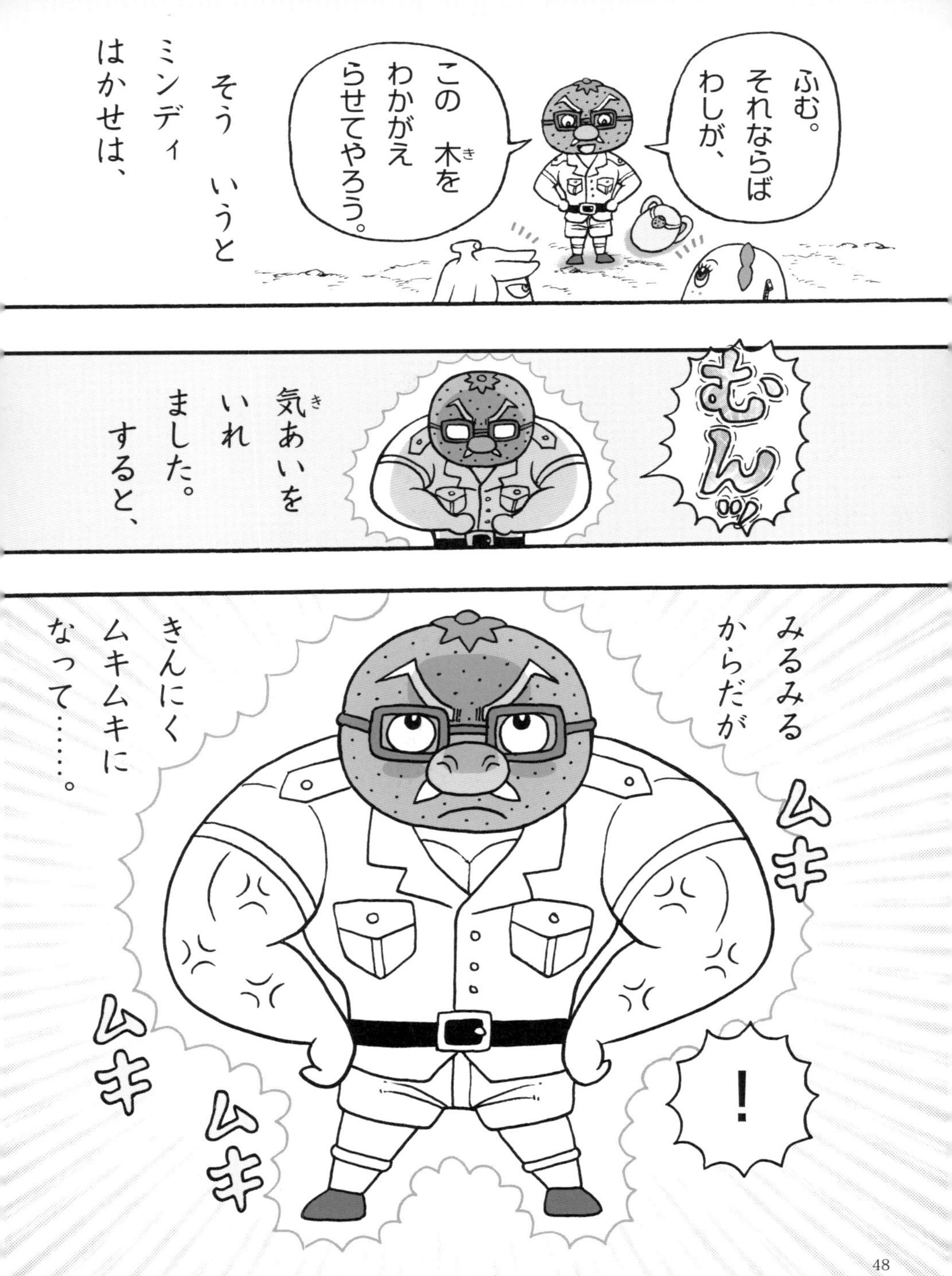
ふむ。それならば わしが、
この 木《き》を わかがえらせてやろう。
そう いうと ミンディはかせは、
むんっ
気《き》あいを いれました。 すると、
みるみる からだが
ムキ
きんにく ムキムキに なって……。
！
ムキ
ムキ

ひっさつ つぼつぼ みかん!!
クレーン ゲームの 木《き》の つぼを ゆびで おしはじめたのです。
ぐ゛ぐ゛〜っ
すると、
クレーン
ぱぁぁぁぁ〜
す、すごい……。 クレーンゲームの 木《き》が わかがえったなっしー!
クレーン
わしの しあつは すごいじゃろ。
ゲットした まぼろしの 7やくしゅ
あと 6日

そして、わかがえった クレーン
ゲームの 木《き》は、みちがえるように、
力《ちから》づよく がっちり
つかめるように なり、

ふなっしーは、みごとに ふたつめの
『まぼろしの 7やくしゅ』
『ゆうぎきのみ』を 手《て》にいれたのです。

ば
とれたなっしー!
クレーン
ふたつめの
まぼろしの　7やくしゅ
『ゆうぎきのみ』ゲット!
IN
ゲットした　まぼろしの　7やくしゅ
あと6日

フルーツ王国《おうこく》の　にしの　どうくつ
そのごも、ふなっしーたちは、『まぼろしの　7やくしゅ』を　あつめる　ために、たびを　つづけて　いきます。
『オニあまはちみつ』は、この　どうくつに　すむ、オニバチの　すから　とれるそうじゃ。ただし、オニバチは　すに　ちかづく　ものが　いると、あつまって　オニの　かたちに　なって、こうげきして　くるらしいのじゃ。
ブーン
オニバチ
スーパーやくしゅじてん
まぼろしの　7やくしゅ
③『オニあまはちみつ』
フルーツ王国《おうこく》の　にしの　どうくつに　すむ　オニバチの　すから　とれる　フルーティで　あまーい　はちみつ。

ばーん
よ、よーし。そっちがオニなら、こっちは……。
ゲットした　まぼろしの　7やくしゅ
あと5日

ん
オニヨメなっし〜〜〜〜！
なしじるでつくったよ。
ブシャー!!
かったっしー!

いまのうちに はちみつを もらうなっし。
トロ〜…
わー。
ブ〜ン
どーー
やった! オニバチたちが にげて いったぞ!
3つめの まぼろしの 7やくしゅ 『オニあまはちみつ』ゲット!
ゲットした まぼろしの 7やくしゅ
あと 5日

フルーツ王国《おうこく》の　きたの　海《かい》がん
『にじいろの　うろこ』は、にんぎょの　足《あし》の　うろこと　かいてあるぞ。
にんぎょは、みためは　うつくしいが、とても　気《き》むずかしい　せいかくらしい。だから、うろこを　もらうのは　なかなか　むずかしい　ようじゃぞ。
スーパーやくしゅじてん
まぼろしの　7やくしゅ
④『にじいろの　うろこ』
フルーツ王国《おうこく》の　きたの　海《かい》がんに　いる　にんぎょの　足《あし》の　うろこ。気《き》にいられると、もらえる。

にんぎょ
ツーン
よし、まずは、ぼくがちょくせつたのんでみよう。
ゲットした　まぼろしの　7やくしゅ
あと4日

あ、あの……。
すまないが、きみの　そのうつくしいうろこを
1まいぼくにくれないか？
ドキーン
どうぞ♡
ドテーン

あっさり
え？
バイバーイ♡
にんぎょって イケメンずき だったなっしな ……。
4つめの まぼろしの 7やくしゅ『にじいろの うろこ』ゲット!
ゲットした まぼろしの 7やくしゅ
あと4日

フルーツ王国《おうこく》の　なんせいの　おか
ピ〜〜ン
つぎは、5ばんめの『クサクサ花《ばな》』なっし。こんなに　はなれてても　におうなっし。
いや。この　花《はな》の　においは、もっと　きょうれつな　はずじゃ。土《つち》から　ひきぬく　ときは、じごくのような　においと　かいてあるぞ。気《き》をつけるのじゃ。
そ、それ　じゃあ。
スーパーやくしゅじてん
まぼろしの　7やくしゅ
⑤『クサクサ花《ばな》』
フルーツ王国《おうこく》の　なんせいの　おかに　はえている　とにかく　くさい　花《はな》。とくに、土《つち》から　ひきぬく　ときの　においは、じごくのよう。

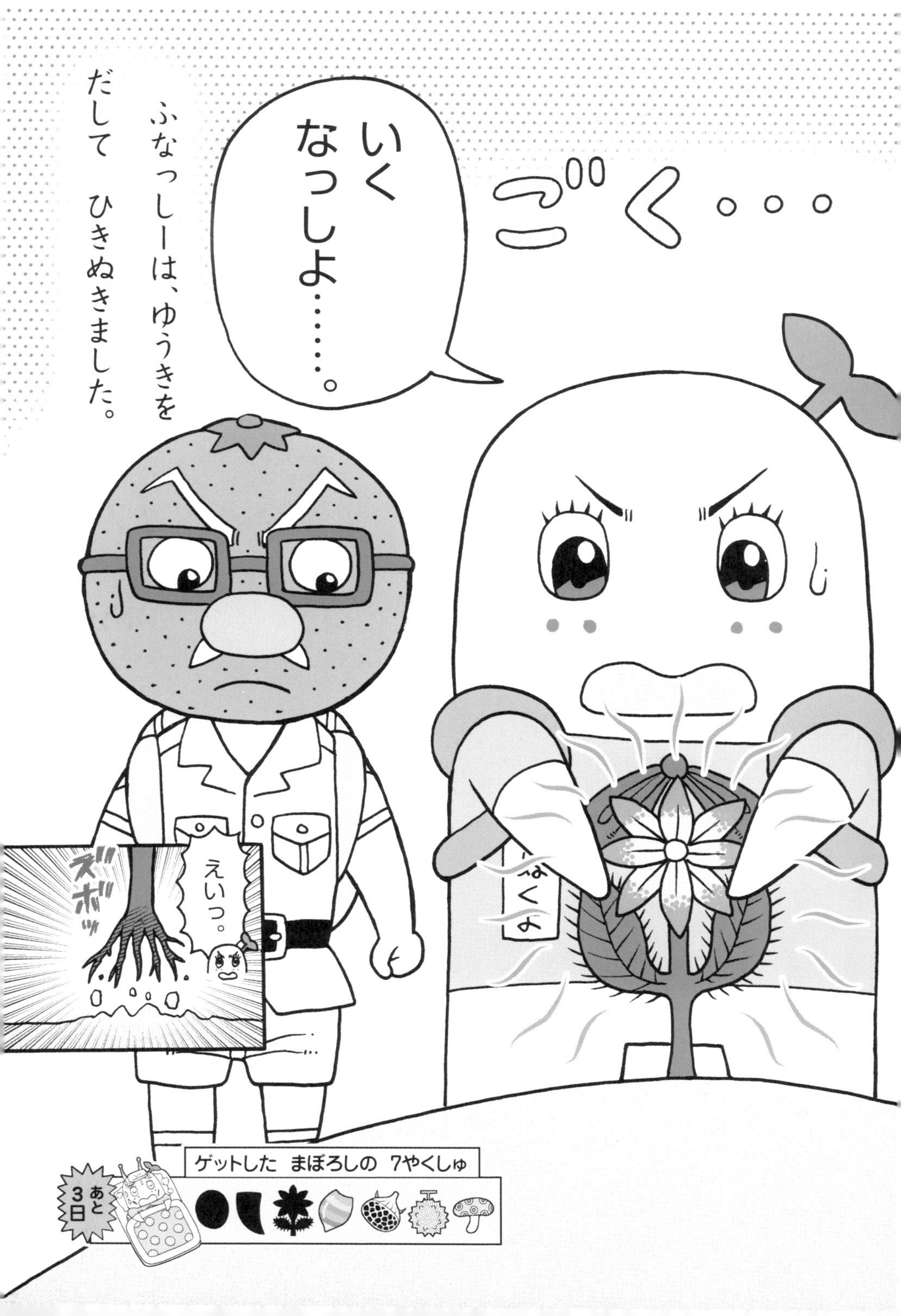

いく
なっしよ……。
ごく…
ふなっしーは、ゆうきを
だして　ひきぬきました。
えいっ。
ズボッ
ゲットした　まぼろしの　7やくしゅ
あと3日

くっさ〜〜〜〜い。
プ〜〜
5つめの
まぼろしの　7やくしゅ
『クサクサ花《ばな》』ゲット!
ゲットした　まぼろしの　7やくしゅ
あと3日

つぎの 日《ひ》の 朝《あさ》、ふなっしーは、 あつめた 『まぼろしの
7やくしゅ』を ならべて、
うれしそうです。
「5こまで あつめたなっしー。」
すると、バナナ王子《おうじ》も いいました。
「ああ。まだ 『いのちなしなし
びょう』の タイムリミット
まで、2日 ある。きっと、
あと ふたつも 手《て》にいれられるさ。」

ふ、ふなごろー。まっててくれなっしな〜〜っ。
……。
しかし、ミンディはかせは、くらいかおです。
ど、どうかしたなっしか?
ああ。じつは、つぎの　6つめの『まぼろしの　7やくしゅ』を手《て》にいれるのは、
これまでとはくらべものにならないぐらいきけんでむずかしいらしいのじゃ。
それを　きいて、
え?
ゲットした　まぼろしの　7やくしゅ
あと2日

おそる　おそる　やってきたのは――。
ゴゴゴゴ　ドーン！
ゴゴゴゴ　ドーン！
フルーツ王国《おうこく》の
なんとうに　ある
火山《かざん》です。

あつい ようがんが ながれ、
火山《かざん》がんも ふんしゅつして います。
ゴ
ドーーン
ゴ
6つめの 『まぼろしの 7やくしゅ』『大《おお》トラの きば』は、この 火山《かざん》に すむ カザンドラの きばだと かいて あるんじゃ。
カ、カザンドラ…？
スーパーやくしゅじてん
まぼろしの 7やくしゅ
⑥『大《おお》トラの きば』
フルーツ王国《おうこく》の なんとうに ある 火山《かざん》に すむ カザンドラの きば。こなに して のむと、すごい パワーが でる。
どうもうな カザンドラの きばは なかなか とる ことが できない。
ゲットした まぼろしの 7やくしゅ
あと 2日

ミンディはかせは、けわしい　かおで
いいました。
「カザンドラは、いわ山《やま》のように
大《おお》きな　からだの　もうじゅうで、
きばを　手《て》にいれようと
した　ものが　いままで
なんにんも　カザンドラに
おそわれ、大《おお》けがを　したと
きいておるんじゃ……。」

で、でも　ふなごろーの　びょうきを　なおすには、
ぜったいに　『大《おお》トラの　きば』が　ひつよう　なっしな？
ああ。
『いのちなしなしびょう』を　なおす　くすりは、『まぼろしの　7やくしゅ』が　すべて　そろって　かんせいなんじゃ。
もし、ひとつでも　たりなければ、こうかが　ないのじゃ。
すると、ふなっしーは、
それなら、すこしも　まよいは　ないなっしー。
どんなに　こわい　もうじゅうが　あいてだろうと、
ふなっしーは、ぜったいに　『大《おお》トラの　きば』を　手《て》にいれるなっしーー！
ばぁ～ん
ふなっしー……！
ゲットした　まぼろしの　7やくしゅ
あと2日

ふなっしーが　そう
かっこよく
さけんだ　ときでした。

3にんの　目《め》の　まえに、ギラリと
した　おそろしい　目《め》の、
きょ大《だい》な　トラが　あらわれたのです。

ばーー
カザンドラ
ガルルルル
ゲットした　まぼろしの　7やくしゅ
あと2日

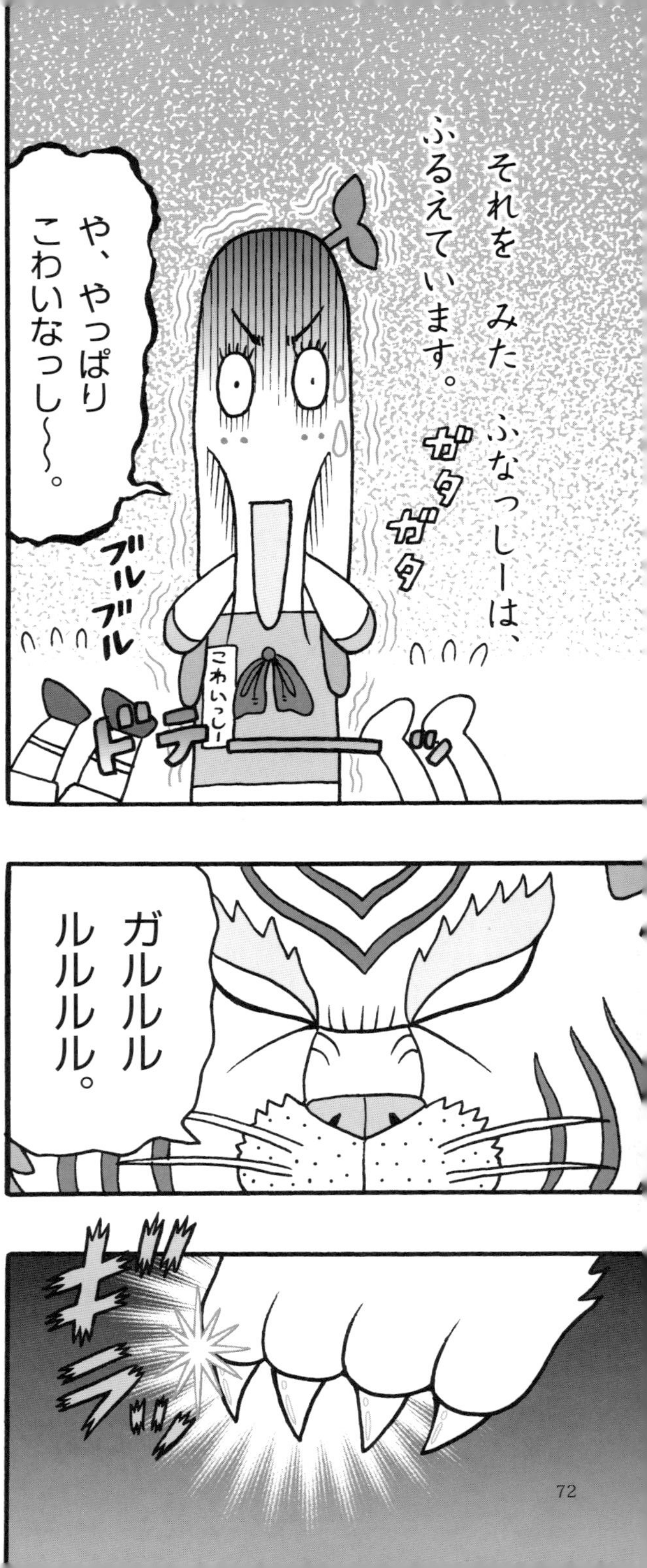
それを　みた　ふなっしーは、
ふるえています。
ガタガタ
や、やっぱり
こわいなっしー〜〜。
ブルブル
こわいっしー
ドテ
ガルルル
ルルルル。
ギラッ

カザンドラは、
ふなっしーたちを　みつけると、
するどい　つめを　たて、

ガアアアア
アアアアッ

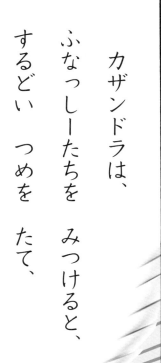

おそいかかってきました。

すると、バナナ王子《おうじ》は
その　こうげきを
ヒラリと　かわし、
ヒラリ
ばっ
カザンドラの
上《うわ》あごの　きば
めがけて、
その
きば……
もらったぞ〜〜〜!!

サーベルをうちつけたのです。
ガキイイイッ
バナナ王子《おうじ》、すごいなっしー!!
ゲットした　まぼろしの　7やくしゅ
あと2日

しかし、
カザンドラの
きばは、びくとも
しません。
ばーん
な、
なにぃぃぃ。
よーし、
それなら
………。
ムキ
ムキ
ポイッ
ムキ
ムキ
つづいて
ミンディはかせが、

下《した》あごの　きばを
すごい
いきおいで
しあつしました。
ドドドドド
これで　どう
じゃ〜!!
ミンディ
はかせの
し・あ・つは
きょうれつ
なっしー!
ゲットした　まぼろしの　7やくしゅ
あと
2日

しかし、
それも
カザンドラの
きばには
ききません。
こ、この　ふたりの
わざが　きかないなんて
すごく　じょうぶな
きばなっしー。
それ
どころか
ガルルルル
たいへん
です。
プン
プン
ガアアアア
アアアアア
!!

おこった
カザンドラが、
ふなっしー
たちに、また
おそいかかって
きたのです。
ふなっしー
たちは、にげる
ことしか
できません。

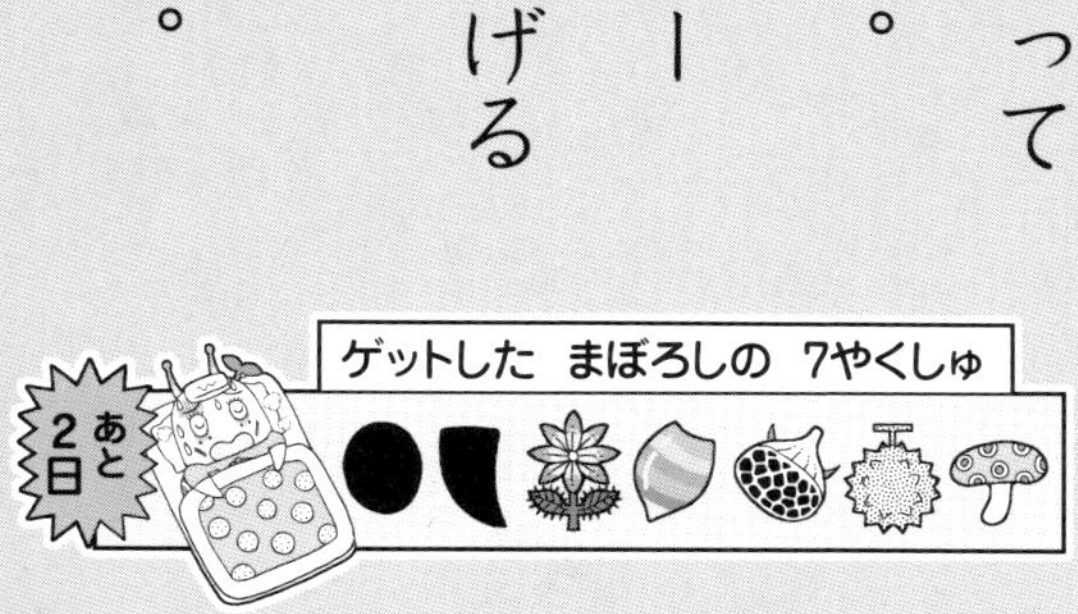

こ、このままじゃ
だめなっし。
どうしたら、あの　がんじょうな
カザンドラの
きばを　とれる
なっしか……？
にげろー

あっ。
『オニあまはちみつ』が
こぼれたなっしー！

あせる
ふなっしーの
リュックから
なにかが
こぼれました。

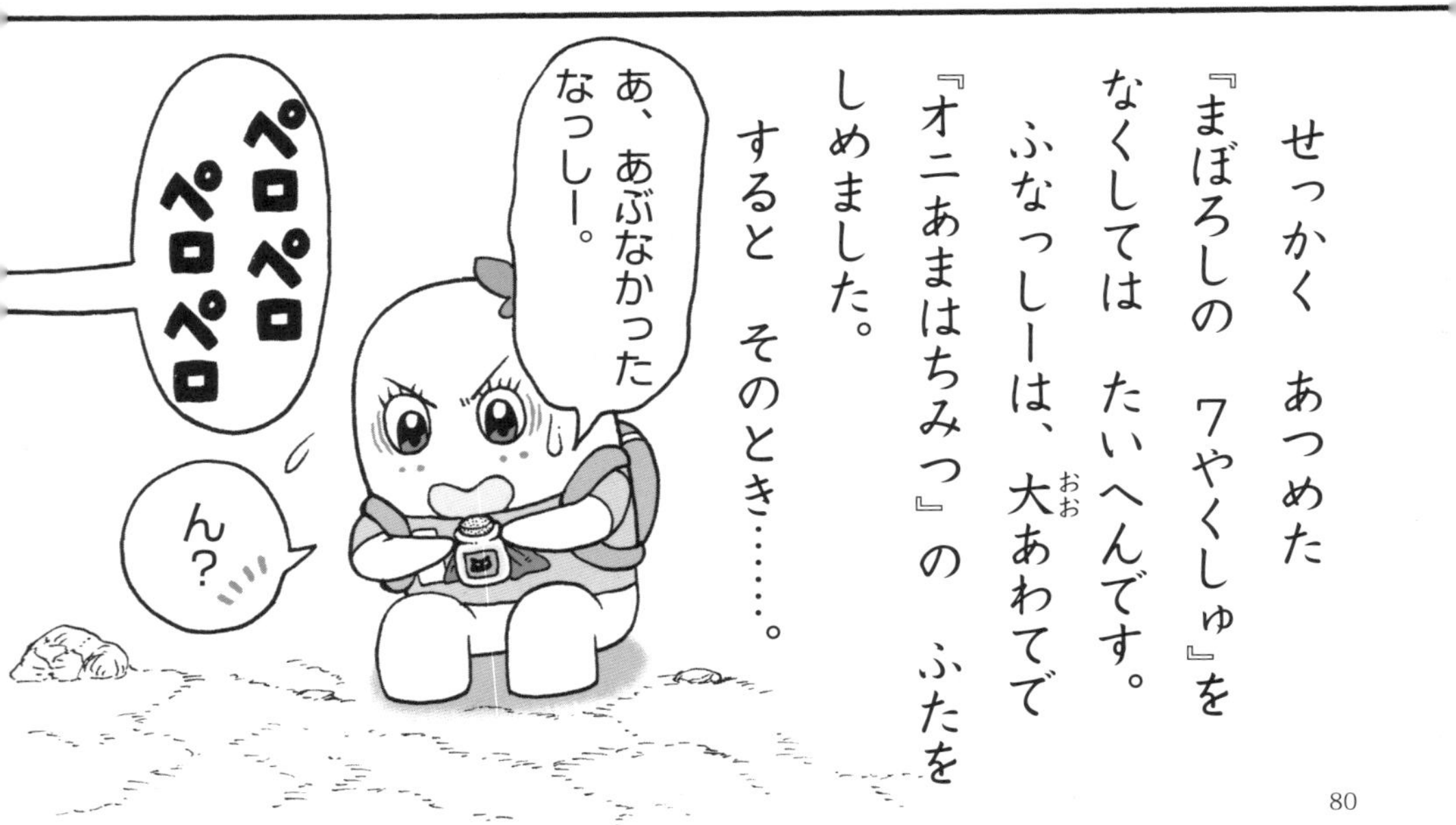
あ、あぶなかった
なっしー。
ペロペロ
ペロペロ
ん？

せっかく　あつめた
『まぼろしの　７やくしゅ』を
なくしては　たいへんです。
ふなっしーは、大《おお》あわてで
『オニあまはちみつ』の　ふたを
しめました。
すると　そのとき……。

ペロペロペロペロ
どーん
カ、カザンドラが『オニあま はちみつ』を なめてる……!?
ペロペロ
ペロペロ
そ、そうか！ この 火山《かざん》には『火山《かざん》きび』と いう しょくぶつが はえている。 あまい おそらく カザンドラは それを ふだん たべているため、あまい ものが すきなんじゃな。
かおに にあわんが
あ、あまい ものが すき……？
はっ
！
そ、それなら もしかしたら ……！
ふなっしーが なにかを おもいつき ました。
ゲットした まぼろしの 7やくしゅ
あと2日

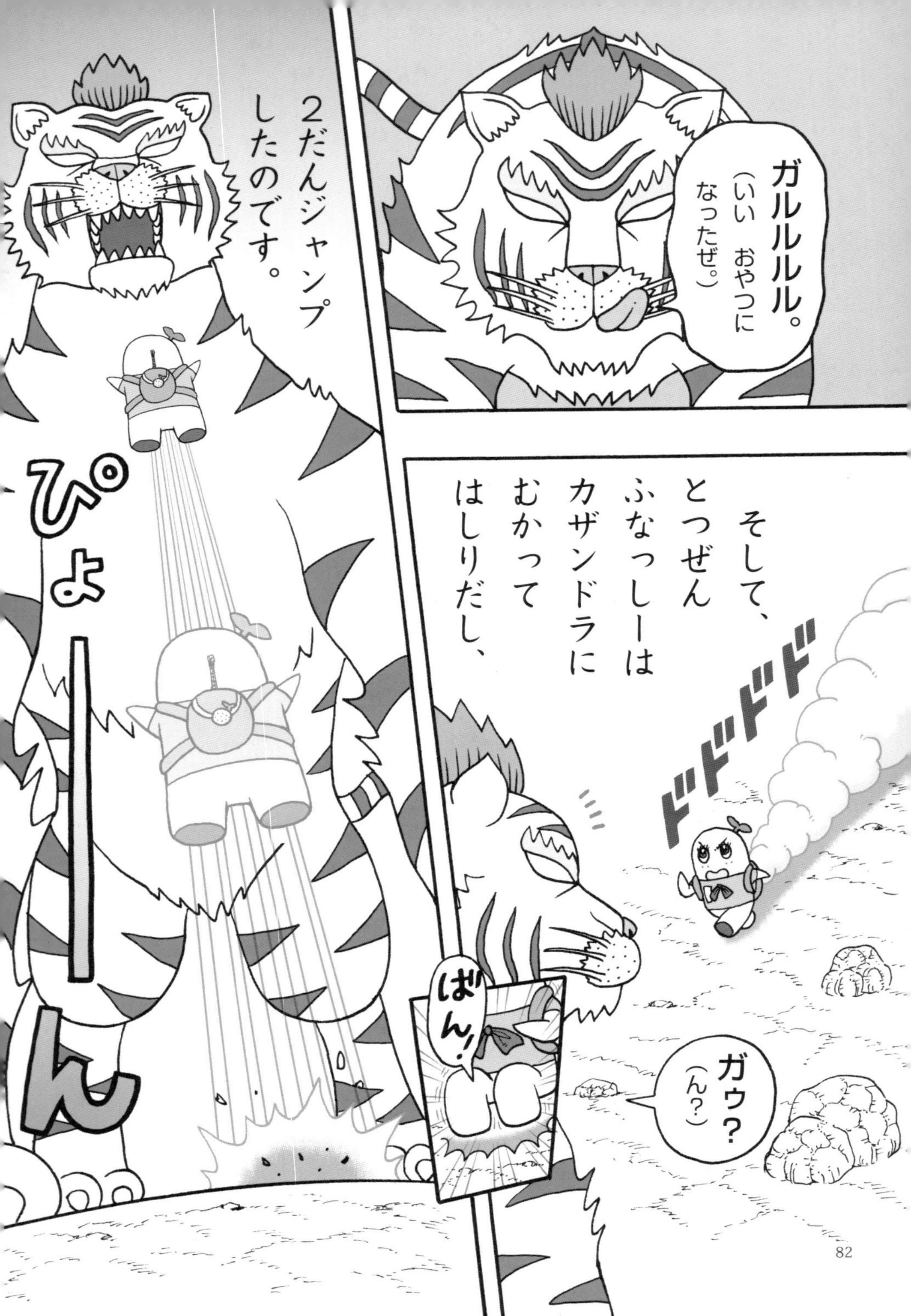
ガルルルル。
（いい　おやつに　なったぜ。）
そして、とつぜん　ふなっしーは　カザンドラに　むかって　はしりだし、
ドドドド
ガウ？
（ん？）
ぱん！
2だんジャンプ　したのです。
ぴょーん

ガガウウガーーー！
（ばかめ。じぶんから　たべられに　くるとは。）
ガ
ばぁ
ふっ、
ふなっしーー!!
ゲットした　まぼろしの　7やくしゅ
あと2日

あまい
ものが
すきなら、
きっと
あるはず
なっし……。
どーーん
!!
やっぱり
むしばが　あった
なっしー。
むしば
……？
！
そ、
そうか！
ジェットなしじる
ブシャーー!!

ふなっしーは、
カザンドラの　むしばの
きばを　めがけて、すごい
いきおいで　なしじるを
ふんしゃしました。すると――。

グラ グラ
みごとに　きばが
ぬけたのです。
グラ グラ グラ
どんなに　がんじょうな
きばでも、むしばなら
ぬけやすいと　みぬいた
わけじゃな。
とれた！
スポーーン
こうして　ふなっしーは、
ぶじに　6つめの
『まぼろしの　7やくしゅ』
『大《おお》トラの　きば』を
ついに
やったっしー

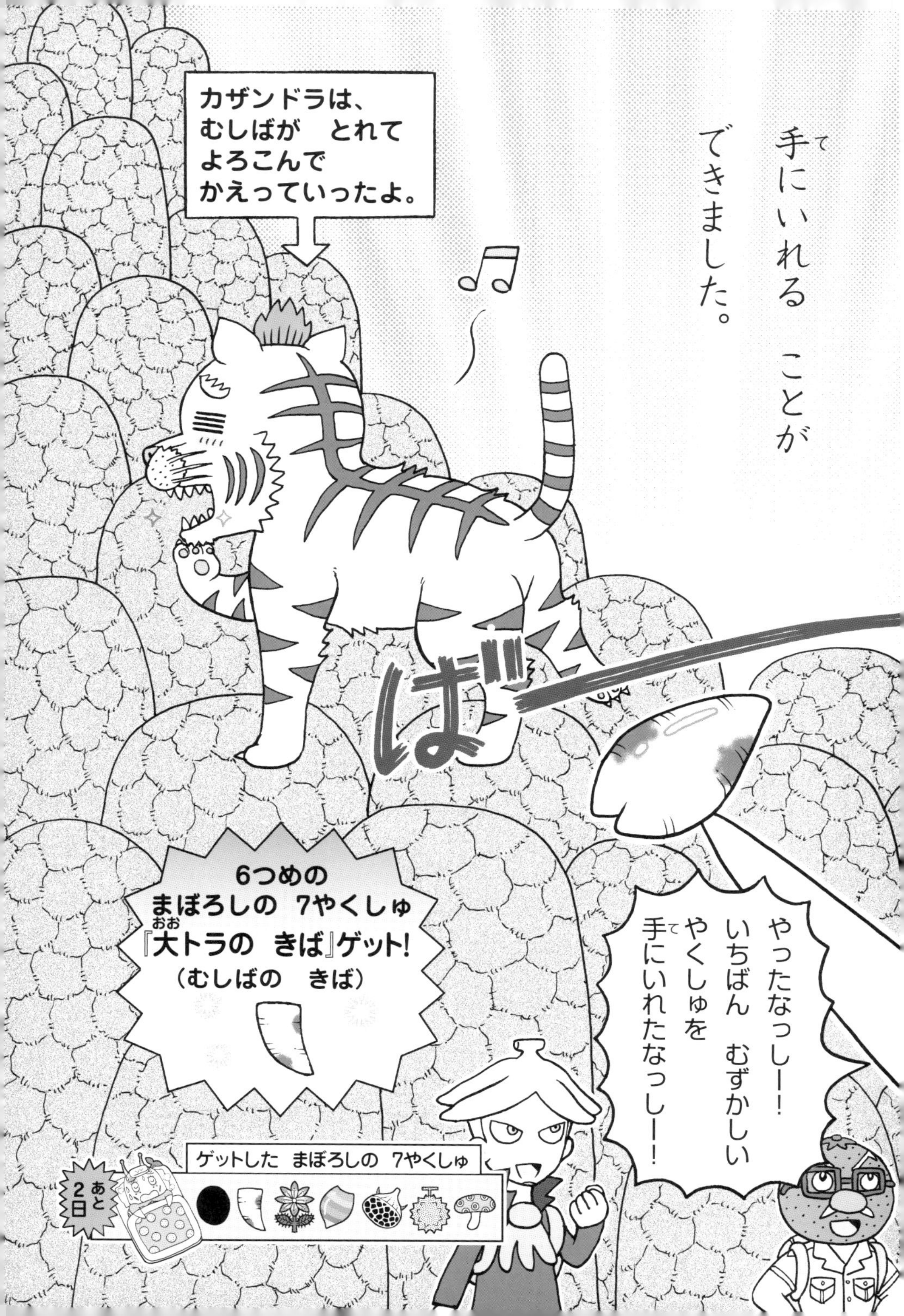
手《て》にいれる ことが できました。
カザンドラは、 むしばが とれて よろこんで かえっていったよ。
ば
やったなっし一! いちばん むずかしい やくしゅを 手《て》にいれたなっし一!
6つめの まぼろしの 7やくしゅ 『大《おお》トラの きば』ゲット! (むしばの きば)
ゲットした まぼろしの 7やくしゅ
あと 2日

さあ。いよいよさいごの『まぼろしの7やくしゅ』なっしな。
ああ。あとすこしじゃ。
そうほっとしたのもつかのま、
もく
もく
ん？
ああ〜っ！ス、『スーパーやくしゅじてん』が!!
もく
もく
ボオオオ
ようがん
おいてあった『スーパーやくしゅじてん』に 火山《かざん》の ようがんの ねつで 火《ひ》が ついたのです。
ひっしに火《ひ》をけしとめ、つぎのやくしゅのページを
たいへんじゃ！この 本《ほん》は、1さつしかないのじゃ。
ぱっ
ぱっ
さがしてみたのですが……。
!!
な、なんと いうことじゃ……！

さいごの『まぼろしの　7やくしゅ』『きせきの　けっしょう』の　ページが　もえてしまった！　これでは、手《て》に　いれる　ほうほうが　わからない！
スーパーやくしゅじてん
どーん
まぼろし
⑦きせ
きせきてきに うつくしい ほうせき。
この きせきのけっしょう は
と
を　きせきてきな　タイミングで
あわせた　ときに　あらわれる。
な、
なんだって　なっし　～～～!?
ゲットした　まぼろしの　7やくしゅ
あと2日

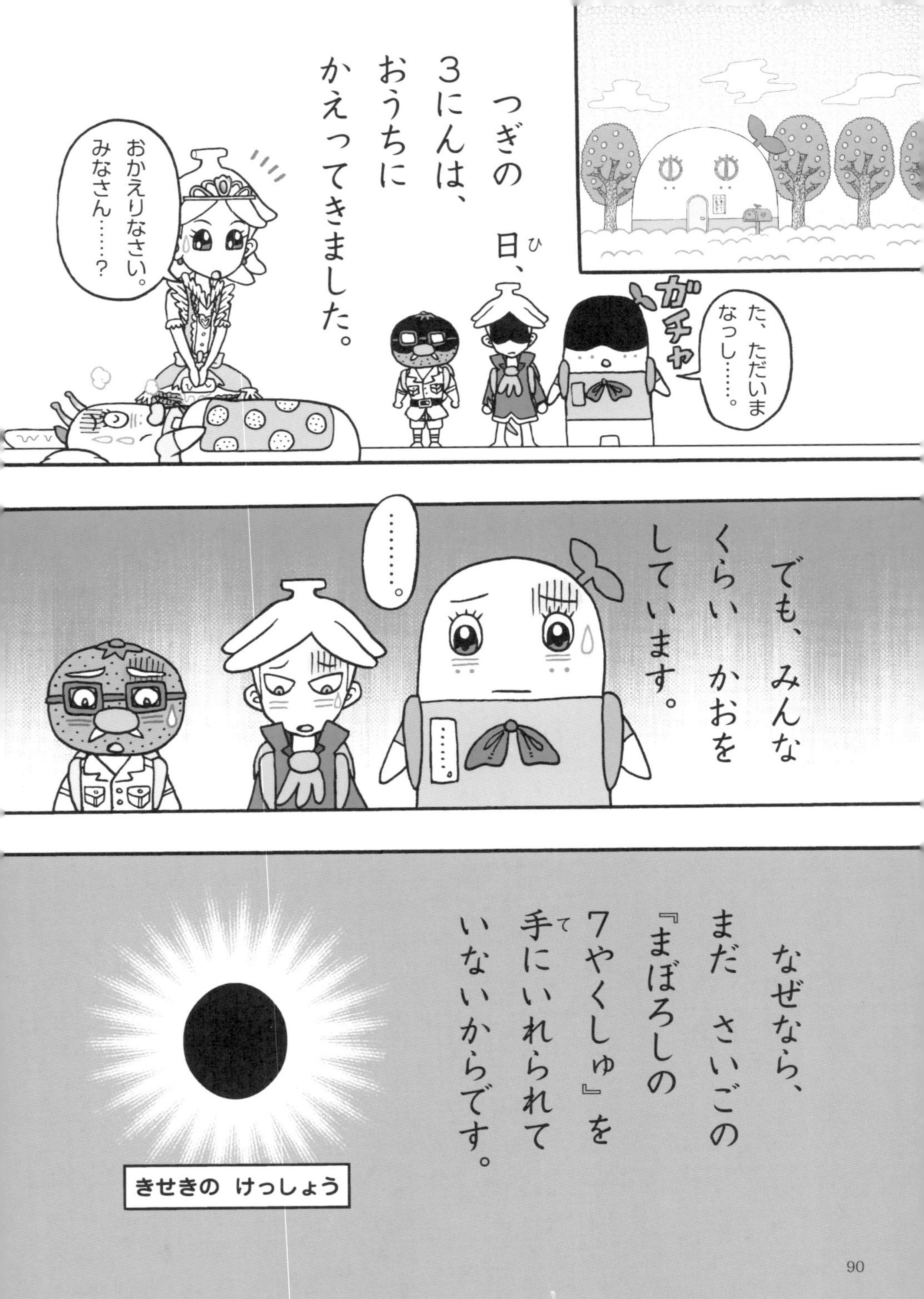
つぎの日《ひ》、3にんは、おうちにかえってきました。

ガチャ
た、ただいまなっし……。

おかえりなさい。みなさん……？

でも、みんなくらい かおをしています。

……。

……。

なぜなら、まだ さいごの『まぼろしの7やくしゅ』を手《て》にいれられていないからです。

きせきの けっしょう

ふなっしーたちは
あのあと、『スーパー
やくしゅじてん』の
もえのこった ぶぶんから、
『きせきの けっしょう』を
手《て》にいれる ほうほうを
かんがえました。
しかし、どんなに
みんなで ちえを
しぼっても、けっきょく
わからなかったのです。

そして、ふなっしーたちは、『いのちなしなしびょう』のタイムリミットが、ちかづいてきたので、『きせきの　けっしょう』をみつけられないまま、なくなくかえってきたのでした。

すると、ふなごろーは
さいごの　力《ちから》を
ふりしぼり、

「ぼく、
とおくを
うつす
すいしょうだまで、
おにいちゃん
たちが
がんばってくれて
いるのを　ずっと
みせてもらっていた
なっぴー……。」

お、おにいちゃん、みなさん、……。
ほ、ほんとうにありがとうございましたなっぴ……。
ふ、ふなごろー。
ふなごろーは、なみだを　ためた目《め》を　そっと　とじました。
スー。。。
ついに、『いのちなしなしびょう』の　タイムリミットが　きて　しまったようです。
そ、そんな……。
ふなごろー……。
ふなごろーくん……。
ふ……、

ふなごろ〜〜〜〜！
かなしみの　あまり、ふなっしーの
目《め》から、なみだ（なしじる）が
たきのように　あふれでました。
しんじゃ
いやなっし
〜〜〜!!

そのとき――
ふなっしーの
なみだが
ぐうぜん、
ポチャッ
ふなごろーの
なみだの 上《うえ》に
おちました。
すると、
パァァァァ

ふなごろーの　なみだ（なしじる）と
まざった　ふなっしーの
なみだ（なしじる）が
けっしょうの
ように
かたまり、
キラキラと
かがやき
はじめたのです。

はかせは、あつめた
やくしゅから
大《おお》いそぎで くすりを
つくりました。

くすりを
のむと、
ふなごろーは、
ごっくん
みるみる
元気《げんき》に
なり――。
パァァァァァ
お、おにいちゃん……！
ふ、ふなごろー……！

ふなっしーと
ふなごろーは、
力《ちから》いっぱい
だきしめ
あったのです。

「よ、よかった
なっしー、
ふなごろー。」

「おにいちゃーん！」

ミンディはかせは
おもいました。

だが、もしかしたら、その　きせきは、
ふなっしーのふなごろーを　おもうつよい　気《き》もちがおこしたのかもしれないのう……。
おにいちゃ〜ん
ほんとうによかったなっし〜

なん日《にち》か　して——。
ふなっしーは
しんせんな　なしと
バナナで　スイーツを
たくさん　つくると、
みんなを
しょうたい　して、
パーティーを
ひらきました。

どの
スイーツも
とっても
おいしくて、
みんな
にっこり。
おなか
いっぱい
たべました。

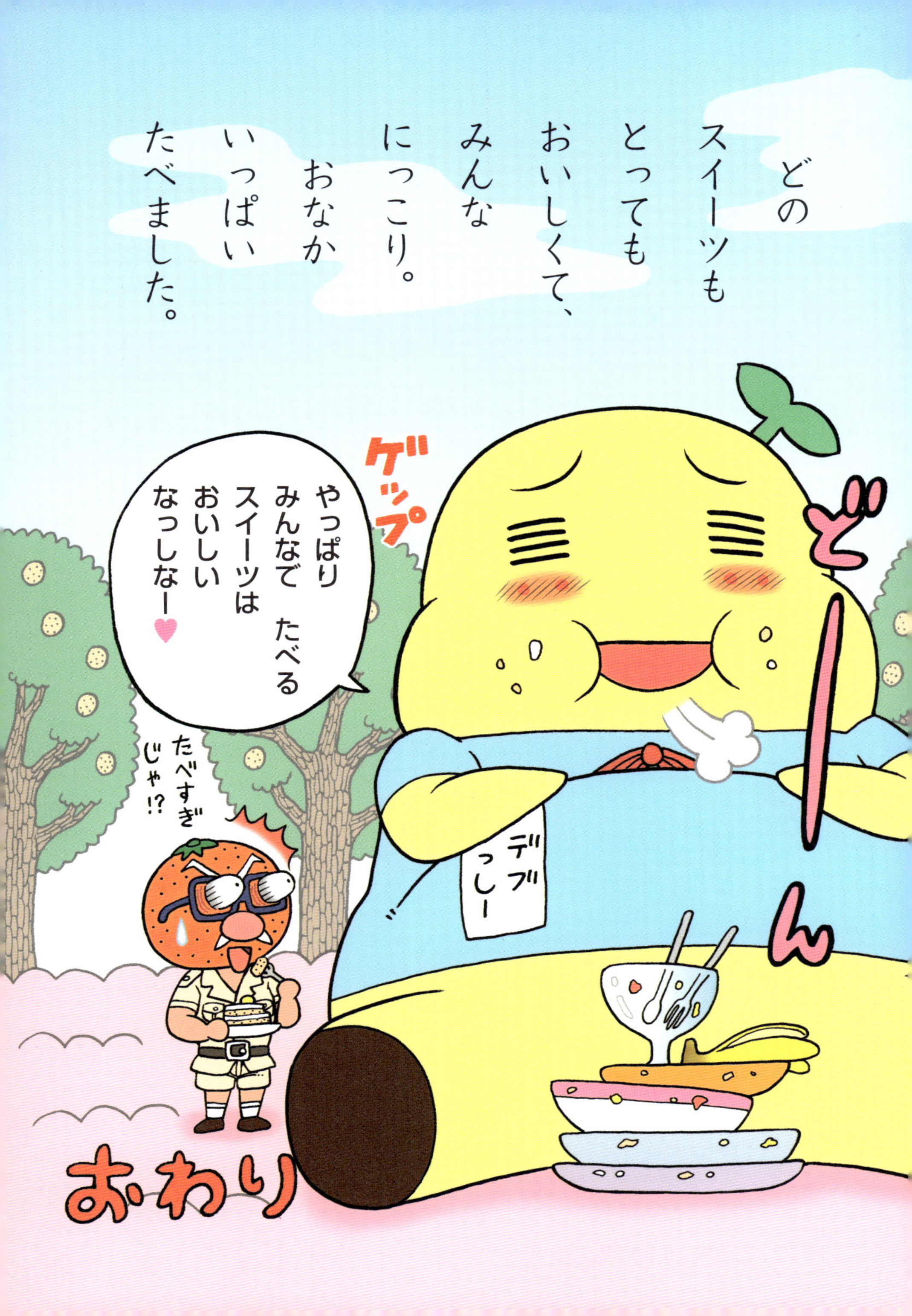

ふなっしー　きねんスナップ

スイーツの　たべすぎで
ふとった　からだを、ミンディ
はかせの　トレーニングで
ダイエットしたなっしー。

著者紹介

小栗かずまた（おぐりかずまた）

東京都出身。漫画家、児童書作家。代表作に「花さか天使テンテンくん」「グータラ王子」シリーズ「にげだせ！ジョニー」シリーズなどがある。

ふなっしー

千葉県船橋市の非公認キャラクター。「船橋発日本を元気に」をスローガンに、日々世界中をとびまわっては元気と梨汁をふりまいている。

8-9ページの　こたえ

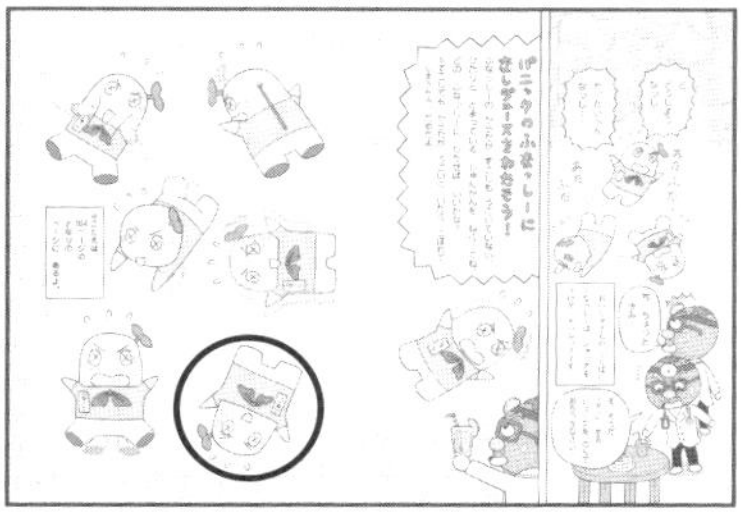

32-33ページの　こたえ

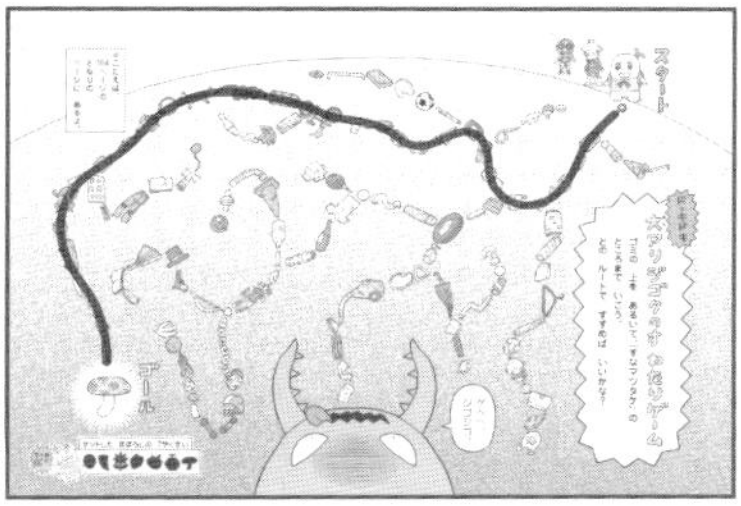

まちがいさがしの　こたえ

まえみかえし

うしろみかえし

読者の皆様からのおたよりをお待ちしております。

いただいたおたよりは、編集部から著者におわたしいたします。

ヒャッハー！ふなっしーとフルーツ王国《おうこく》5
ヒャッハー！
ふなっしーとフルーツ王国《おうこく》
ふなっしー　ぜったいぜつめい！

2018年　3月　第1刷

作　者　小栗かずまた
監　修　ふなっしー
発行者　長谷川 均
編　集　浪崎裕代
デザイン　岩田里香
発行所　株式会社ポプラ社
〒160-8565　東京都新宿区大京町 22-1
振替　00140-3-149271
電話（編集）03-3357-2216
　　（営業）03-3357-2212
ホームページ www.poplar.co.jp
印刷　図書印刷株式会社
製本　株式会社若林製本工場

ISBN978-4-591-15812-8 N.D.C.913／104P／22cm　Printed in Japan

落丁本・乱丁本は、送料小社負担でおとりかえいたします。
小社製作部宛にご連絡ください。電話 0120-666-553
受付時間は月～金曜日、9：00～17：00（祝日・休日は除く）。

ふなっしーのまちがいさがし

★左《ひだり》の　えと　この　えでは、7つの　まちがいが　あるよ。